사랑한다 말해주고
수고했다 안아주길

정 윈 희

고은 성 here and now :)

불현듯이
네가 생각났어.
강재

삶의 순간마다
진심을 다해

이 서 연

나는
그 꽃의 이름을 모릅니다

정윤희 고은정 강하나 이선연

정윤희

하늘과 바람, 그리고 구름과 달빛, 별…
그 너머의 것들을 생각하며 자주 일렁이는
내 마음을 두근거림으로 혹은 쓸쓸함으로
덤덤하게 써 내려갑니다.

사랑을 담아 그리움을 한 방울 섞어
우리의 삶 속에서 누구나 있을법한 이야기
떨어지는 빗방울 소리조차 선율이 되어
더 이상 외롭지 않기를 바라며

나 오늘, 그대에게 시 한 편을 건네봅니다.

instagram   @junee. 1943
email   hiunee890@naver.com

『사랑과 이별, 그리고 삶 속에 지친 청춘들에게』

고은정

시골에서 태어나고 자란 덕에 자연을
마음껏 누리며 성장했어요.
지금도 여전히 자연에서 배우고 휴식하며
마음을 키워내 가고 있죠.
대학원에서 코칭을 전공하며 자아 성찰에
관심을 갖게 되었고, 소중한 깨달음을
오래 기억하고 싶어 글쓰기를 시작했어요.
지금의 생각과 감정을 글로 표현하며
저와 잘 지내고 있습니다.
저의 글이 누군가의 마음에 가닿게 되기를
소망합니다.

instagram   @eunjung8563

email   eunjung8563@hanmail.net

『네가 오늘을 잘 지냈으면 좋겠어』

강하나

봄에는 봄을
여름에는 여름을
가을에는 가을을
겨울에는 겨울을 씁니다

슬픈 날에는 슬픔을
기쁜 날에는 기쁨을

사랑할 때는 사랑하는 이를
그리울 때는 그리운 이를 씁니다

그 시가 저에게 치유였던 것처럼
제 시가 누군가에게 치유가 되었으면 좋겠습니다

instagram   @by.hana_diary
email   hoy1005@gmail.com

『보통의 헤어짐, 평범한 그리움』

이선연

생각의 둘레에 부는 바람을 따라
존재하는 모든 사물의
의미와 실체를 밟으며
홀연히 다가와 나를 흔들어 깨운
시를 꿈꾸었습니다

마음이 원하는 것
그것을 찾기 위해 걸어가는 길은
아마도 행복한 여정이 될 것입니다

instagram   @gratias0070
email   gratias0070@hanmail.net

『마음이 머무는 곳, 그리움이 물들이다』

정윤희

『사랑과 이별, 그리고 삶 속에 지친 청춘들에게』

유난히 더웠던 여름을 지나
누군가에게는 선선함으로,
누군가에게는 쓸쓸함으로 다가올
계절의 경계에서

생각은 마치 필름 같아
한 장면 한 장면 셔터를 눌러 본다
자연스럽게 펼쳐진 문장 속에서도
저마다 온도가 있듯

모든 시와 글이 적당한 온도를 갖춘
언어는 기적이다.

시작

그저 그런 날,
나에게는 아주 특별한 날도 아니었는데

네가 나에게 다가와 주어서
그날이 아주 특별해진 거야

가을 타나 봐

시원한 바람 불어와
내 콧등을 간질이고

그대 내게 불어와
내 심장을 간질여 피우니
내 마음이 요동칠 수밖에

살랑거리는 갈대밭 때문인지
길가에 피어난 코스모스 때문인지
세상에 온통 가을향기가 가득하다

내 마음이 일렁이는 것은
그 향에 취한 듯
너에게 취했기 때문일까

이 밤에

나의 하루를 그대와 함께한다면
그저 나쁘지 않을 거라고

온전히 나만을 바라보는 그대가
시선을 빗겨
내가 아닌 곳을 바라본다 한들
나는 상관없다고 생각했는데

문득,
그대가 없는 이 밤
그대가 함께이길 바라는 나는

존재만으로 위로가 되어주는
그대를 어쩌면 이미
사랑하고 있는지도 모르겠습니다

두 사람

백년가약 맺고
우리 두 사람 하나 되어
서로의 옆에
두 손 꼭 잡고 서 있을 때

화려하지 않은 언어로
영원을 약속하고
기쁨의 눈물 한 방울 흘려보내며
하나가 되었지

자만하지 않고
오만하지 않으며
욕심내지 않고 그저
서로만을 향한 간절함이
가득했던 그날

넌 나만을 바라보고
난 너만을 생각하며
마침내 갈림길을 지나
같은 곳을 바라보며
걸어가게 되었다

그랬으면 좋겠습니다

따스한 심장을 가진 그대를
사랑할 사람은 나 여야만 하고

그저 미지근한 마음을 가진 나를
사랑해줄 사람은 그대뿐이었으면
좋겠습니다

완전한 그대를 위태로운 내가
안을 수 있다면
그래도 된다면
나 그대의 손을 잡고 세상으로
한 걸음 한 걸음, 함께 걸어가면
좋겠습니다

서로가 사랑함에 찬란한 태양이 떠오르고
신비로운 영롱함의 달빛이 그대와 나 비추고

우리의 머리칼을 흔들만한 바람이 불며
우리의 사랑을 닮은
어여쁜 꽃이 피고 지는 곳

그대 언젠가 그곳에 가게 된다면
그대의 손을 잡고 그 순간 함께일 사람은
오롯이 나 하나였으면 좋겠습니다

이미 알고 있는 것

오늘 있었던
가장 기분 좋았던 일은
오늘도 역시 너의 사랑을 받은 일

눈을 감고 떠오르는
너의 얼굴을 그리면
마음까지 따뜻해져 오는 기분이야

기분 좋은 향기에
너의 품이 그리워져
너의 옷깃을 끌어 품에 안고

맞아,
나는 이미 너의 생각만으로도
행복해지는 법을 알고 있어

너를 사랑한 시간

너와 함께한 추억
너와 보낸 환상적인 날들이 나는
황홀했고 경건했고 아름다웠다

나에겐 한없이 당당하고
든든한 존재

언제나 한쪽 어깨를 내어주고
손을 내밀어 주는 너를
내가 어찌 사랑하지 않을 수 있을까

우리 함께한 모든 시간이
내게는 그저, 기적 같은 날들이기에
오늘도 나 행복했다
그대에게 속삭여 봅니다

사계절을 돌고 돌아

가을을 좋아하는 내가
여름을 좋아하는 너를 만나
시린 겨울을 지나 벚꽃 만개한
봄을 맞이했을 때

서로의 손가락에 끼워진 반지는
서약의 증표가 되고
너는 나의 모든 것이 되었다

하루하루가 행복함의 연속이었으며
가끔 어지럽던 머릿속도
울렁거림을 멈췄고
자주 뒤돌아 수줍은 미소를 지었다

아침 해가 뜨고, 영롱한 달님
수많은 별빛과 눈을 맞출 때
사계절을 일곱 번이나 거듭할 때까지
너의 품에 안겨, 어리광을 부리고 싶었다

기분 좋은 살랑임과
따사로운 봄날의 볕
활짝 핀 유채꽃 같은 아이와

새벽녘 소복이 쌓인 눈처럼 말갛고
투영하듯 투명한 천사 같은 아이는

사랑의 결실이 되어
어떤 단어로도 형언할 수 없는
벅찬 감동이 되었기에

너를 만난 나의 사계는
찬란하게 빛난 아름다움이었다

소확행

소확행 이라는 말이 유행할 때
너에게 말하지 못한 내 작은 행복은

오늘같이 비가 추적추적 내리는 날
갑작스러운 비 소식에
온통 비를 맞으며 뛰어든 버스의
창밖 불빛들을 바라보다가

내려야 할 정류장 너머로 우산을 쓰고
누군가를 기다리는 너를 봤을 때

하루의 고단함은 마법같이 사라졌고
얼굴엔 설렘만이 가득했지

다정한 그대 (기도)

그대의 다정함은 오직
나만을 위한 것이기를

다정한 그대의 입맞춤도 오직
나만을 향하기를

다정한 그대의 온기가
시린 내 마음 따스하게 녹여주시기를

신이 만약
세상에 존재하신다면
가진 것 없는 나에게
오직 그대만은 양보하여 주시기를

오늘도 나
간절히 바라봅니다

다시 그때로

사랑하지만, 때로는 힘들고 아프고
서로에게 상처를 주고

처음 했던 약속은 마음속에서
지워진 지 오래
무엇을 포기하고
무엇을 얻었는지도 모르는 우리지만

다시 그때로 돌아간다 해도
나는 너를
너는 나를 알아볼 거라고

긴 시간 모든 순간이 꽃밭이었다
형용할 수 없어도

서로에게 서로만이 간절했던
운명이자 반려였다
자신 있게 말할 수 있어

사치

너를 사랑하는 마음이 넘쳐
누군가는 사치라 말하지만

이런 게 사치라면
얼마든지 부릴 수 있어

너라는 존재 자체가 나에게는
영광이므로 이 마음이 사치라 한들
나는 한없이 부족하다

너에게 전해질 내 마음이 부디
사치가 아닌 가치 있는 적절함으로
부담이 아닌 반가움으로 닿을 수 있길

나는 그거 하나면 돼

그대가 없다는 건

혹여 잠에서 깰까 시끄러운 알람 소리를
꺼줄 사람이 없다는 것

바쁜 일상 속
잠시 웃을 일이 사라졌다는 것

갑작스러운 비 소식에
우산을 함께 쓸 사람이 없다는 것

무엇보다

울적하고 시린 날
어깨를 내어줄 사람이 없다는 것

단지 그것뿐이야

잔상

이별을 위해
사랑했던 설렘의 기억을 되짚고

얼어 붙어있던 마음에
눈물 한 방울 파면이 되어
내 마음속 동심원을 그린다

사랑의 마침표에 서서
사랑한 순간들을 생각하니
그 긴 시간은 우리에게 무엇이었나

미움만이 남아
이별만이 남은 우리의 시간은
잔상으로 남아 서로에게
가시 같은 질문을 던진다

사랑이긴 했을까
사랑하긴 했을까

눈물의 의미

눈물이 난 이유는
나도 모른다 둘러대고

울지마라 다독이는 그대를
기어이 등지고서

혼자만의 시간을 어려워하다 돌아보니
그대 기다려 주지 않고

또 버려졌다 고개를 떨구니
소리 없이 울고 있는 나의
공허함만이 가득 차 버렸다

사실은 같이 있어 달라고
꼭 안아 달라 말할 수 없어
그저 눈물만 떨구던 바보 같은 나는

그대가 알아봐 주길 바라는
이기적인 마음이었으므로

비가 와서 당신 생각이 났습니다

비가 와서 당신 생각이 났습니다
오랜만에 내리는 비 소식에 혹여
당신 같이 오실까 내려다본 창밖에는
그저, 빗소리만 가득

가로등 불빛 아래 하염없이 내리는
비를 바라보고서
당신 닮은 뒷모습에도 아직
눈물이 차오릅니다

오지 않을 당신을 생각하며
잠들지 못하는 내가 너무 가엾어
황망함만이 맴도는, 오늘 같은 밤

울적한 이 마음도 그저
비가 와서라는 핑계를 삼아
당신을 기다려 봅니다

마음의 짐

차마 말하지 못한
가슴속 응어리

뜨거웠지만 차가웠고
괜찮았지만 가끔 멍해졌고
아주 오래 슬펐다고

덤덤했지만 담대하지 못해서
아직도 가슴 한편이 아려온다고

덜어낼 수 있을까
털어낼 수 있을까

비워낼 수 있을까
빌어볼 수 있을까

너에게, 내가 감히

저 별, 이별

밤하늘을 가득 수 놓은
수많은 별도 저마다 이름이 있다

이 별은 누군가의 사랑
저 별은 누군가의 그리움

누군가가 지어낸 이름의 별들은
빛을 머금고 쉬지 않고 반짝이며
캄캄한 밤하늘을 빛으로 물들인다

참 예쁘기도 하지
참 슬프기도 하지

내가 이름 붙인 저 별은, 이별
내 마음을 빛으로 채워준 누군가의 별

하늘을 올려다보고
오늘도 별을 바라본다

하늘을 바라보고
오늘도 너를 찾아본다

그때는 알 수 없던 것들

갑자기 그대가 생각나서
편지를 쓰기 시작했습니다

그동안 하지 못했던 이야기
그동안 하고 싶었던 이야기
끝끝내 할 수 없었던 이야기

그 모든 말들은 고작
종이 몇 장에 채워지고
그제야 나는

그대의 머뭇거림을
그대의 침묵을
그저 말없이 나를 바라보던
그대 시선의 의미를
조금 알 것도 같기에

편지의 끝맺음은
줄곧 전하고 싶었던 그 한마디
'미안해'

미안해서,
미안합니다…

지우개

이건 모든 것을 지울 수 있어
너와의 시간을 하나씩 지워내다

점점 흐려지는 시야에
두 손이 멈추어 버렸다

지우고 싶다가도
지우고 싶지 않은
너와의 사랑, 순간, 시간

부릴 수도 없는
마법 같은 이야기에 잠시 기대어
부질없는 짓이었다

고개를 저어본다

그리움

그리움에도
기간이 정해져 있었으면
좋겠습니다

애써 잊으려 하지 않아도
지워졌으면 좋겠습니다

시간이 흘러
잊힐 수 있다고 해도
가끔 차오르는 먹먹함은
나를 다시, 아프게 하니까요

시간이 흘러
사랑한 시간보다 더
먼 훗날이라도

사랑의 깊이만큼 그리움의 무게도
함께 늘어나는 것을, 나는 왜
알면서도 그대를 사랑했을까요

잊어야지
잊어야지

이제 정말 잊어버려야지

마음에 되새길수록 그대는
내 안에서 점점 커져만 갑니다

그리움에도
기간이 정해져 있으면
얼마나 좋을까요

애써 잊으려 하지 않아도
잊히면 좋겠습니다

마음을 건네본다

끝없이 펼쳐진 어느 바다
그날의 온도, 그곳의 바람까지
나는 너에게 주고 싶다

세상에 지쳐 힘들고 외로울 때
그날의, 그 느낌을 기억하며 네가
살아가길 바라니까

그래서 나는 오늘
너에게 시 한 편을 건네본다

삶이라는 건

때때로 많이 무너지고
많이 상처받고

아닌 척
괜찮은 척
아무렇지 않은 척
덤덤하게 살아가다가

누군가 툭 내뱉은
괜찮냐는 한마디에
참아왔던 눈물을 왈칵 쏟아내고

결국은 다시 꿋꿋하게 살아내는 것
그렇게 이겨 내는 것

새벽 5시

태양이 아직 고개를 들지 않은
고요하고 적막한 그 시간에

밤도 아침도 아닌
그 사이 어딘가의 시간 속에서

캄캄한 하늘은 마치 우주 같아
모든 별들이 쏟아질 것 같았고
나는 혼자 그 시간을 걷고 있었네

우리네 인생이 곧 이런 것일까
한순간에 휩싸인 공포 속에서
오늘도 유유히 시간은 흘러
또 다른 아침을 맞이하는구나

그때, 그즈음

바람 불어와
내 머리칼을 넘기며
나에게 속삭이길

모든 건 시간과 같아
흐르고 지나간다고

영원한 것은 없기에
슬픔도 아픔도
머무르다 지나갈 거라고

그저 순간만 있을 뿐
아픔은 잠시뿐이라고

나, 그대에게 말해주고 싶었습니다

돌아볼 용기

힘들고 지칠 때
누군가 곁에 있다는 건
아주 고맙고, 감사한 일이라는 것

슬픔이 나를 삼켜
숨도 쉴 수 없는 물속에
가라앉아 있을 때

누군가 손을 잡아준다면
다시 용기 낼 수 있다는 것

아무도 없다 느껴지는
캄캄한 어둠 속에서도

누군가 한 줄기 빛이 되어 준다면
다시 용기 낼 수 있다는 것

혼자라고 믿었지만
뒤를 돌아보니
참 많은 사람이, 위태로운 나를 위해
기다려 주었다는 것

그 사실 하나만으로도 나는,
다시 살아갈 수 있어

청춘

내 마음속에 몰아치는 바람과
퍼붓는 빗방울이 한없이 거세져
태풍이 되어 몰아친다

이를 악물고
버텨보려 하지만 쉽지 않고
시간마저 멈추어 버린 듯한 느낌

끊임없이 인내를 시험하고
한계에 다다를 무렵
태풍이 걷힌 하늘처럼
내 마음도 고요함만이 가득해졌다

마음아, 괜찮다
누구나 겪는 청춘이었으니

시 련

그대는 지치지도 않고
매일 꽃같이 아름다운 사람

시든 꽃에 물을 쏟아낼지언정
결국엔 피어날 사람

힘들게 노력하지 않아도 돼

아무리 예쁜 꽃이라 한들
씨앗 뿌리내려 새싹 돋아
아름다움 뽐내기까지
무수히도 많은 시련, 견뎌냈을 테니까

눈물바다

눈물이 차고 차올라
더는 참지 못하고 내 마음속
바다가 되었다

그깟 미풍에도 넘실거리는 파도가 되어
마음에서 요동치는 이 감정은
차마 형용할 수 없는 이질감으로
나를 옥죄어 깊은 바닷속으로 가라앉힌다

눈물이 바다가 되었다

내 바다에 빠져 허우적대는 건
오직 나 자신뿐이었다

남가일몽南柯一夢

약간의 어둠
약간의 공허함이 나를
차분하게 만들어 준다

이유 없는 나른함과
이유 없는 감성이 만들어 낸
지금의 감정

나도 알지 못하는 나를
어떻게 너는 다 아는 듯
말할 수 있는 걸까

그런 게 아니라고 타이르는 것도
지쳐간다

그래서일까
감성이 만들어낸 지금의 감정들에 가끔은

타인이 말하는 내가
나인 듯 믿어질 때가 있다

감정의 노예

잠깐의 감정에 쓰러지지 않기를
과거의 기억에 얽매이지 않기를

우리의 감정은 정의할 수 없기에
순간에 현혹되어 주저앉지 않기를

슬픔도
아픔도
분노도

이내 사그라들 순간의 감정이므로
버티고 버텨 꿋꿋하게
앞으로 나아가기를 바라

비로소 알게 된 것들

내리는 비에 바람 불어와
내 몸을 적시어 온다

비를 피하려 웅장한 나무 아래
기대어 보지만

나를 놀리기라도 한 듯
나뭇잎 사이사이를 비집고
빗방울은 나무조차 적시어 버렸다

내리는 비는 피할 수 없었지만
잠시나마 너에게 기댈 수 있어 좋았다

아무것도 아닌 그 순간이
나는 그저 고마웠다

최고의 사랑

나의 세상에서는
한없이 커다란 존재

무조건 적인 믿음을 알게 해주고
기다림에 언제나 답해 주시는
다정하고 다감한 사람

태초부터 내 삶을 선택할 수 있었다 해도
기필코 스스로 선택했을 지금의 삶

누구에게나 있지만
오직 나에게만 있는

맹목적인 사랑을 주고
부족함까지 안아줄 사람

아빠,
나의 아버지
사랑합니다

오늘의 주문

답답한 마음에
그저 멍하니 주저앉아
시선 잃은 눈빛으로
허공을 바라보고

고개를 떨구어
무릎에 얼굴을 묻고
그렇게 한참 동안 나는
나는 달래어 본다

이 울적함이 사라지기를
길을 잊은 내가
잃어버린 길을 찾을 수 있기를

알 수 없는 속삭임이
끊임없이 선택을 재촉하더라도
나의 삶이기에 쓰러질지언정
다시 일어나 시작해 보겠다고

오늘도 나는 나에게
주문을 걸어 봅니다

친구여

친구야 인생 뭐 있냐
다들 그렇게 산다더라

그깟 거 좀 실패하면 어떠냐
우린 아직 청춘인데

타오르는 태양 빛 아래
그저 떠도는 한량이면 어떠냐

술 한잔에 지난 일 털어버리고
다시 힘내서 보란 듯이 살아보자

과오 또한 우리의 거름이 될 테니

누구보다 빛날 그대들의 청춘을 응원해

매일 반복되는 일상이지만
그래도 묵묵히,
그리고 열심히 살아가는 이유는
지키고 싶은 게 있으니까

모든 순간 최선을 다해
살아갈 순 없지만
그래도,
나름대로 노력하고 있는 거라고
말할 수 있어

그러니까 잘했다, 수고했다 라고
해줄 수도 들을 수도 있다고 생각해

너도, 나도

고은정

『네가 오늘을 잘 지냈으면 좋겠어』

어제는 보냈고 내일 또한 아직 내 것이 아니니
오늘 그중에서도 딱 지금을 살고자 합니다.
과거에 묶여 발을 못 떼거나 미래에 대한 염려로
지금을 빈손으로 보내지 말아야 해요.
나도 당신도 오늘을 잘 지냈으면 좋겠습니다.

'사랑하지 않고
보낸 것 같은 시간은
늘 후회로 남아요
서로 사랑했으면 해요
다시 말하지만
서로 넉넉하게 사랑을 주세요.'

친애하는 오늘

구름이 가리지 않는 이상
햇살은 여지없이 희뿌연 창을 통과해
내게로 다가와요

책의 한 표지에 내려앉아
글자를 꿰매어 만든 아름다운 이야기에
나랑 둘이 감동하죠

아침햇살이 일어난 지 언젠데
나지막한 아이의 숨소리는
오히려 음악 같아요

까만 도로 위로 삶을 달리는
자동차 소리 옆 이불 속에서
발가락 꼼지락거리며 행복한 중입니다

친애하는
나의 오늘을
행복으로 선택합니다

한 걸음의 기적

앞길이 잘 보이지 않아
두렵고 망설여지더라도
딱 한 걸음만 떼봐

천천히도 괜찮아
그러고 나서 다른 발로
두 번째 발자국을 내보렴

세 번째 발걸음
그리고 한 걸음 더
또 한 걸음 더

뿌연 안개가
딱 한 걸음씩 걷히다 보면
조금 더 갈 수 있겠다는 생각이
몽글몽글 생겨날 거야

용기의 덩치가
커지는 걸 느낄 테고
곧 모든 것이 밝히 보이겠지
너의 첫걸음이 만들 기적을 기대할게

낙심

마음이 뚝 떨어졌다
낙심이다

넌
잠시
아프다고
좀 무섭다고
그냥 울어라

난
"괜찮아?"라는
어쭙잖은 말 대신
그냥 쪼그리고
네 옆에 앉아 있을 거다

눈물, 콧물 흘릴 때
휴지 몇 장 네 손에
쥐여주고 나서

너랑 같이 밥 먹으러 갈 거다

날 키우는 것

가느다란 풀벌레 소리
씩씩한 기차의 발소리
명랑하게 흐르는 물소리
씻고 온 듯한 아침 새의 지저귐

결코 돈이 되지 않는
그들의 소리에
귀를 기울여봐

너를 강건하고 부드럽게
키워 낼 테니까

칭찬이 고프다

"요즘 마음이 어때요?"
"고파요."
"네?"
"칭찬이 고파요.
칭찬 좀 배불리 먹었으면 좋겠어요."

어른 사람의 마음이다

칭찬이 고프단다
그렇지
칭찬이 더 이상 필요 없는
나이는 없으니까

너는 나에게 나는 너에게

너는
캄캄한 내 마음에
등을 켜고

나는
떨고 있는 너를
따스하게 안는다

너는 나의 빛이고
나는 너의 볕이다

또 보자
그때까지 무탈하길

마음의 하룻길

환장할 노릇일 거다
미치고 팔짝 뛰겠는 심정

마음의 하룻길이
태풍 만난 나뭇가지처럼
어지럽게 뒤흔들리고 있다

어찌해 줄 수 없어
마음을 거기에 두고 왔다

거기서 거기

힘들어?
힘들지 그럼
너만 힘들어?
다 힘들어
세상에 힘들지 않고
사는 사람이 어딨어

때로는 콱 물어주는 사람도 필요하다
안 그러면 무기력한
응석받이가 될 수도 있으니까

딱 지금만

인생이
겨울의 입김과 같고
방금 지나간 바람 같으며
오전 10시 전에 사라진 안개 같으니

지금, 이 순간만을 살아라
지금, 이 순간만이 네 것이니

행복의 순간도
그렇지 못하다 느낀 순간도
다 이쁘고 소중한 거였더라

지나고 보니
삶이 통째로 고맙기만 하구나

셀프서비스

꽃길만 걸으라고?
그런데 그게 거저 생기나?

남이 정성들여 만든 꽃길에
냉큼 발 넣으면 내 것 되냐고
에이, 그건 안될 말이지

내 꽃길은
내가 만들어야지
그래야 진짜 내 꽃길인 거야

꽃길은 셀프서비스다

새벽 별

너라는 사람은
길고 새카만 어둠에 삼켜지지 않고
굳건하게 자신을 지켜냈다

밤을 견디어 낸 사람은
찬 바람에 몸 씻고 선명하게 빛나는
겨울의 새벽 별

너는 또렷하게 빛나는 별이다

삶

삶을 길들이려 하지 마라
네 손에 길들 만큼
호락호락하지 않으니

삶을 다 알려 하지도 마라
네가 알고 싶어 한다고
쉽사리 자신을 드러내지 않으니

하루씩 꾹꾹 눌러살아라
네가 삶에 길들 테고
삶이 널 알아볼 테니

삶에는 그저 미소만 건네라

시간

시간은 폭포수처럼
내리흘러간다

누구를 위해 잠시 멈추거나
다른 누구를 위해 더 빠르지도 않다

그냥 저대로
제 속도로 떠난다

오히려 내가 물줄기를 따라
흘러야 한다

시간은
정직하고 객관적이며 공평하다

면회

이젠 나에게서 멀어지고 있나 봐요
눈빛은 아득하고 먼데 시선을 두고는
좀처럼 거두지를 않네요

내가 묻는 말이
도착하지 못하고 고꾸라지는지
대답을 들을 수가 없어요

누렇게 축 처져
느리게 흔들리는
창밖의 옥수숫대만 같이 봅니다

그만 가겠노라 일어서니
손을 번쩍 들어 흔들며
최선을 다해 배웅하네요

몸은 나오는데
마음이 그러지 못하고 주춤거려
더 있다 오라고 했습니다

하늘은 파랗고 구름이 너무 하얘서
세상이 너무 아름다워서
마음은 한밤중입니다

그래서 감사

살면서 만났던
고단한 시간

날 사포질했던
삶의 그 마디마디

후다닥 도망치고 싶었지
너무 아팠으니까

어찌어찌 버티고 견뎌
전보다 부드럽게 다듬어졌어

평안하다고 느껴지니
지나간 고통도 감사고 다행이다

그러면 좋겠슈

햇볕이 따스한 가을 아침
새들이 쫑알대는 전깃줄 아래서
가을 단풍잎같이 옷 입은 두 여자가
아침 수다 중이다
"칠십하나 아녀?"
"아녀유 팔십하나지 칠십하나믄 좋게유."
"그려? 그랬어? 하이고!"

그녀들의 한숨이 예사롭지 않게
마음속으로 비집고 들어온다

가을의 공기 탓일까 아니면
또 한 살을 다 먹어 치우고 있는
내 마음 탓일까

'만약
지금보다 열 살 더 어려진다면?'
또 또 되지도 않을 상상을 한다

지식보다 사랑

가진 지식 참으로 알량하지
차라리 없는 게 나을 뻔했어

남 찌르는 가시 될 줄 미처 몰랐지
시끄러운 빈 수레 될 줄 꿈에도 몰랐어

날 드러내기 위한
장식품과 옷인 줄 여태껏 몰랐다

머리와 입에서만 맴돌고 마음에 닿지 못했으니
결국 사랑이라는 걸 사랑이 다라는 걸 알 리가 있나

이롭게 사용할 줄 모른다면
오히려 담지 않음이 나을 텐데

차라리 사랑만 담고 담아서
넘쳐흐르게 두는 것이 낫겠지 싶다

깨달음은 늘 뒷모습으로 보이니
그 아쉬움이 마음에 상당하다

해의 하루처럼

동쪽에서 시작한 해의 발걸음은
하루를 착실히 걸어 서쪽에 다다르고 있다
목적지는 처음부터 서쪽이었고 발걸음은 고요했다

시선 한 번 주지 않아도 아무런 상관없이
자기의 길을 올곧게 걸어
늦지 않게 목적지에 도착하는 중이다

해처럼 살면 되겠다
소란스럽거나 요란하지 않게
남들의 시선 따위에 한나절을 낭비하지 말고
묵묵히 나의 목적지를 향해 걸으면 되겠다

해의 하루처럼 나의 하루도 살면 되겠다

오늘은 그래 줘

그거면 되었지
오늘 하루 살아냈으면
그것으로 된 거야

너의 오늘이
때려주고 싶게 못마땅해도
너무 나무라지 마

하루 동안 걸어온
고단함의 신을 벗기고
맑은 물로 깨끗이 씻어줘

푹 쉴 수 있도록
방해도 하지 말고
오늘 밤은 그렇게 내버려 둬

그냥
가만히
오늘은 그래 줘

한 번만 더

다시 못 볼 이별을 안고 떠난 사람
그리고 떠난 이를 눈물로 그리워하는 사람

어젯밤 꿈처럼 다시 만날 수 있다면

시답잖은 너스레로 소리 내 웃으며
발맞춰 걸을 수만 있다면

이별이 죽도록 아파서 뜨거운 사람을 위해
'딱 한 번이다 더는 없어'라며
삶의 기회가 다시 주어지면 좋겠다
딱 한 번 만 더

첫 번째 이별이 꿈처럼 지나니
가슴을 천천히 쓸어내리며
두 번째 삶에서는
더 많이 사랑할 수 있게 말이다

인격미인

마음을 씻고
말에 좋은 향을 담고
눈빛에 사랑을 담고
생각은 빗질해 반듯이 하고
행동에는 품위를 담고
표정에 아름다움을 그려요

우리는 빼어난 인격 미인입니다

낙엽

생의 마지막 옷 입고
선회하며 낙하하는
가냘픈 잎새들

깨알만 한 싹으로 태어나
바스락 늙어 부서지는
그들의 온 삶에 경의를 표한다

땅 아래로 스며들어
기꺼이 밑거름되는 그들

부디 잘 가시길

내년 봄 그들 닮은 새싹이
나무 한가득 돋아나면
다시 만난 듯 반겨 맞으리

별천지

거기에서
네가 지금을 사는 것이
빛을 발하는 것

숨을 쉬는 만큼
너는 반짝이고

우리의 하늘은
너의 존재로 인해
오늘도 아름답다

너의 봄이 걸어온다

풀은 땅속에서 봄을 기다려요
성급하면 낭패를 보게 되거든요
흙이 길을 터줄 때까지 기다리죠

만약 당신의 지금이
또 한 번의 겨울을 만났다면
복대기는 대신 뚜벅뚜벅 오늘을 걸어요

겨울 다음은 무조건 봄이니까요

당신을 위해 소망합니다
돌아오는 봄엔 지나간 봄들보다
더욱 행복하면 좋겠다고

꽃이 흐드러질 다음 계절
당신의 봄이 궁금합니다

너에게

사는 게 고되지
생명 하나 책임지는 게
쉬울 리 있나
그래도 어쩌겠어
넌 자신을 책임지는
중요한 사람인걸

뜨거운 해 아래 걷듯 몽롱하고
겨울의 한가운데 서 있는듯 추워도
너는 널 데리고 오늘을 걸으렴

손 놓지 말고
나란히 발맞춰 걸으렴
끝까지 같이 걸으렴
너에겐 너밖에 없으니

네가 있어서

네가
이렇게 예쁘니
하늘이 저리도 푸르고

네가
이토록 사랑스러우니
꽃이 사방에서 피어나지

사계절 동안
세상이 아름다운 이유는
바로 너야

어른으로 자라가기

스무 살을 넘겼을 땐
걸음을 갓 뗀 아기 같았다

눈에 보기에 좋은 데로
걸음을 떼고 보았으니까

돌쟁이 어른이었나 보다
그냥 어른인 줄 알았는데

걸음은 늘 불안하고
참으로 성급했다

성급함은 발밑의 돌부리를
보지 못하게 했고
그로 인해 많은 낭패를
온몸으로 느껴야 했다

성급함을 다독이고
생각을 살펴 걸음을 떼었다면
돌부리를 피할 수 있었을 텐데

어른으로 태어나 자라는 건 어려운 일이다

아이 아니고 사람

기억을 떠올려 봐
스무 살이었을 때
열세 살이었을 때
여덟 살이었을 때
삶에 매우 진심이었잖아

지금 여덟 살을 사는 사람도
열세 살을 사는 누구도
어른을 시작한 스무 살도
과거의 너처럼 그럴 거야

그러니 그들을 마주할 땐
과거의 너를 다시 만난 듯
존중하면 좋겠어

자기 삶에 장난인 사람은 없을 거야
남의 삶을 장난스럽게 여길 권리도
우리에겐 없고 말이야

마음 농부

우리는
마음 밭을 가꾸는
농부입니다

나의 마음 밭에
무엇이 자라고 있는지
두루 살펴야 해요

뽑을 건 뿌리가 더 굵어지기 전에 뽑고
자라야 하는 생명에겐
물과 빛을 넉넉히 먹여야겠죠

우리
마음 밭으로 걸음 해요
사계절 전부 마음 농사짓기 좋은 계절입니다

기도

건너야 하는
건널 수밖에 없는
삶의 강물 앞에 선 사람들

강물에 대한 두려움으로
초조하고 불안해
어찌할 바 모른다

신께서
그들에게 배 한 척
내어주면 좋겠다

노 젓는 수고만으로
무사히 강을 건넌 후
길 위에 다시 설 수 있도록

오늘은
알지도 못하는 수많은
너를 위해 기도한다

삶의 자연스러움

내가 선택했다고 다 만족하나요
그렇지 않아요
후회도 있죠
선택할 때 후회도 쫄래쫄래 따라와요

네가 선택하고 왜 후회하느냐는 말에
자신을 지나치게 꾸짖거나 매질하지 말아요

선택한 후에 남는 크고 작은 후회는
어쩌면 당연한 건지도 모르니까요

감정

감정은 순환버스 같아요
슬픔, 기쁨, 분노, 느긋함, 설렘, 불안, 안락함
수많은 정류장을 뱅글뱅글 돕니다

감정은 여름날의 소나기 같죠
예고도 없이 갑작스레 쏟아지곤 해요

감정은 얼마 전에 태어난 아기 같답니다
아주 솔직하게 자신을 드러내니까요

감정은 깜빡 졸고 있는 나를 흔들어
일깨워 주기도 한답니다

감정은 나쁘지도 착하지도 않아요
감정은 그냥 감정이에요
내가 그냥 나인 것처럼

희생

누군가의 하늘에
달이었고 해였고 별이었던 그들이
순식간에 사라져 세상은 암흑이다

떨어져 나가는 제 살을 어찌 떠나보낼까
아프단 말은 쉽고 빨리 지나는 바람같아
차라리 꿀꺽 삼켜 마음 한편에 담는다

악이 안개처럼 세상을 드리운 것 같아도
아니다 아니다
정말 그렇지 않다

전부 다 걸고
세상을 사랑하는 사람 꽃이
눈길이 닿는 곳마다 피어난다

눈이 시리게 아름다운 꽃이다

쌍둥이

그렇지
타인이 곧 나인 거지
그들은 나를 비추는 거울인 거야

지나온 내가 보이고
살아갈 나를 예언하고
요즘의 내가 거기에 있지

너와 난
다를 게 없는
사람이라는 쌍둥이

삶의 페달

나이 든 여자는
땀을 비 오듯 쏟으며 계단 청소를 한다
한 번도 게으른 것을 본 적이 없으니
내가 숨이 차 쉬며 하라고 물 한 컵 건넨다

꼬맹이 아이가
유치원에 가고 싶지 않다고 투덜대면서도
까치집 진 머리칼을 흔들며
엄마 손잡고 터덜터덜 걸어간다

남자는 방전된 몸을 소파에 던져놓고서
한밤중이 되는 동안에도
좀처럼 일으켜 세우지를 못한다

세상이 데굴데굴 굴러가는 것은
사람들이 열심으로 삶의 페달을
구르는 덕이겠지

때론 시선 사로잡는
노을을 뿌리치지 않는 것도
페달 밟기라는 것을 우리는 알아야 한다

나를 맡은 사람

멀리서 보면
지나가는 아줌마
스쳐 가는 학생
기억나지 않을 할아버지
그냥 옆집 아저씨

알고 보면
유일무이한 귀한 사람
탁월한 사람
사랑스러운 사람
참 좋은 사람

자신의 가치를
평가절하 말아요

나는 내가 맡은
소중한 존재이니
사랑과 존중을 담아
책임감을 갖기로 해요

고백

두고 봐라
봄이 오면

두고 봐라
싹이 트면

두고 봐라
풀이 꽃을 피우면

겨울 동안 채운 마음을
다 쏟을 거다

햇빛이 따스한 날
봄처럼 고백해야지

분리불안

캄캄한 밤 어느 담벼락에 기대
울고 있는 열댓 살 여자아이

누군가 휘파람 불며 곁을 지날 때
꿈처럼 그 소리를 따라 걸었고

휘파람 소리가 모퉁이로 사라질 때
더는 가지 못하고
그 자리에서 그만 굳어졌다

엄마라는 큰 세상을 잃은 아이는
순간의 위로가 떠난 자리에서
다시 혼자 되어 어둠 속에 삼켜졌다

그 밤
그 아이는 어디로 갔을까
되찾을 수 없는 사랑을 잃은
그 아이는

그리움

둥그렇고 하얀 달이 빛을 내리면
당신이 그립습니다

달빛 아래서 당신과 느리게 걷던
수많은 날이 떠 올라 헛헛합니다

당신은 어떻게 지내나요
난 당신을 그리워하며 잘 지냅니다

당신이 사는 그곳이
내가 사는 이곳보다 나을까요

세월이 흐르고 더 흐르면
나도 당신 곁에 가겠죠

거칠던 손이 내 손을 끌어안으며
날 알아보면 좋겠어요

보고 싶었다고 당신이 말하면
나도 그랬노라고 말할게요

사랑이 힘이다

저마다 하루의 반환점을 돌아
사랑하는 식구들
사랑하는 연인
사랑하는 공간으로 간다

온종일 써 버린 자신을
다시 채우기 위해

사랑이 사람을 다시 살게 한다

사람마다 꽃이 핀다
다시 해보겠다는 아름다운 꽃이

강하나

『보통의 헤어짐, 평범한 그리움』

어느 날 갑자기 여름이 찾아왔습니다.

그 여름을 뜨겁게 열망했고,
머지않아 선선한 바람에 식어갑니다.

세 번의 계절이 지나면 여름은 다시 오겠지만,
또다시 그 뜨거운 여름을 사랑할 수 있을까요?

헤어지고 그리워하는 것,
누구에게나 너무 보통의 일이라는 것,

당연하고 평범한 마음을 쓰고 싶었습니다.

잠 못 이루는 어느 계절의 밤
그리운 이가 있다면

제 시가 위로가 되었으면 좋겠습니다.

2022년, 강하나

여름 가을 겨울 봄 그리고 다시 여름

여름 냄새가 스쳤다
그날의 너의 냄새와 비슷하다는 생각을 했다

그렇게 봄의 와중에
갑자기 여름이 찾아왔다

너처럼 그렇게 나타났다

너도
여름도
그다지 친절하지는 않았고

나의 아름다웠던 봄을
서둘러 가져가 버렸다

하지만 그 여름이 지나간 후에야
나는 알게 되었다

내 계절의 시작은 여름이었던 것을

여름 가을 겨울 봄 그리고 다시 여름

초저녁이 지나가는 색

낮빛이 내리고
그 위로 밤빛이 얹혀지는 시간

그 시간 안에 서 있는
너의 낯빛도
초저녁의 색으로 물들었다

참 오묘한 색의 시간을
헤매다 보면

곧 숨죽이게 되는 시간

그 시간은 우리의 긴장으로 물들인다

말로 형용할 수 없는 색의 시간

여운도 남지 않을 만큼 충분히 사랑한다

심해 心海

생각에 빠져 가빠오는 호흡,
더더 깊은 심해로 빠져들어가
너의 감정을 유영한다

생각의 수심이 깊어질수록
암흑으로 대체되는 현실

깊은 곳에 살고 있는 그 많은 것들을
무뎌진 감각으로 더듬는 동안
내 모든 세포는 자아를 만든다

깊고도 광활한 너라는 수심은
나에게 두려운 궁금증이지만

깊이 빠질수록
보이지 않는 곳에서도 나를 깨우는
심해 心海이다

지금 이 시간

옅은 새벽에
아침이 스며들어
야릇한 색깔로 물들은
찰나의 시간

밀고 당기는 호흡이
질서를 찾아가고

창 너머 잡음들마저
고요하게만 느껴지는 시간

베개맡에 가지런한
지난밤의 사연은
달빛을 닮았다
그리고 이 시간이면 서서히 사라진다

나는 지난밤 꾸었던 희미한 꿈에
미련을 버리지 못해
잠시 이 시간 위에 누워있다

여름을 안았다

공기마저 녹아내려
발밑에 고였다

그런 어름을
나는 겁 없이 안았다

뜨겁고 다치고 해질 것을
예상하고도

나는 그 여름을 안았다

품 안에서 여름은
꽤 긴 울음을 울었다

누구의 외면도 없이
너 혼자 고립된 계절 여름

그래서 더 뜨거워지려 애쓰는 너는

이 여름도 스스로 타다

볕이 내리쬐는 소리와
뜨거웠던 기억을 남겨두고
떠나겠지만

너를 안아 다치고 해진 상처가
아물 계절은 넉넉하니까

네가 또 오면
내가 또 안아줄게

나의 적성

달빛으로 끈을 만들어
너를 묶어두면
나의 밤을 지켜줄까

저녁놀을 담아다
네게 쏟으면
아침 해로 다시 떠올라 줄까

하얀 봄꽃의 향을 모아
품고 있으면
나비가 되어 머물러 줄까

곁을 내어준다는 것
사실 찾아주길 바라는 것

너를
기다리는 것은
나의
적성이라

오늘도 나는
잘 기다릴 줄 알아

별이 되면 좋겠어

머물지 않는 너는 나의 영감이다

시작점도 목적지도 말하지 않기에
너는 나의 시가 된다

다 보여주지도
그렇다고 아예 없지도 않은 너는
그리움 안에 나를 유폐시킨다

그리움이 동경이 되면
담담한 별이 될 수 있을까

시린 하늘에서 굳어져
의연하게 너를 바라보도록
아주 조금만 슬픈 표정으로

7월의 어느 날

7월의 태양에 녹아 무른 공기는
나의 소리를 전하는데 게을렀다

내 언어의 더딘 여정은
주책없이 그 여름을 방황했다

소란한 적막의 여름은
햇볕이 내리쬐는 소리로 채워지고

들리지 않는 그 소음의 사이를
떠도는 나의 언어는
결국 목적지를 찾지 못한 듯

그날에 머물기로 했다

한여름의 마른 흙먼지가
쏟아지는 볕 사이를 오르내리며
시야를 방해 한다

보는 것도, 말하는 것도
꽤 수고스러운
7월의 어느 날이었다

습작의 시간

그쪽을 향하는 건
나의 고루한 습관 같은 것이었다

나의 시야는 두루 살피지 못하고
나의 시선은 부끄러운 줄 모르고
나의 눈빛은 너를 위해서만 밝힌다

사랑을 완성하기 위한
습작의 시간은 버티는 시간이었다

인내하고 또 쓰고 또 그리고
기다리고 또 쓰고 또 그리고

그렇게 거두지 못하는 시선으로
찬바람에 피어나는 너의 살갗마저도
묘사할 수 있는 지경이 되었지만
언제나 미완성이었다

너를 완성하기 위한 과정에는
너만 있었기 때문이다
나는 없었기 때문이다

새벽

너의 기억을 마주하는 순간
나의 새벽은
두 동강이 났고

이 새벽 역시
이어 붙이는 데에는
실패했다

모든 잠이 내려앉는 동안
나는 점점 선명해져
보잘것없는 나의 밤을 지킨다

숫자는 바뀌어도
나의 시간은 멈춰버렸다

아침이 오는 기척에
주의를 기울여보기도 하지만

동강 난 나의 새벽은
가지도 오지도 못한 채
나에게 머물러있다

긴 새벽이 될 것 같다

찰나의 새벽

빛과 어둠이 엉켜있는 시간
손끝은 섬세하여야 한다

손끝에 잠시라도 졸음이 묻는 순간
다시는 풀지 못할 만큼 단단히 묶여버릴 테니

구분되지 못하는 빛과 어둠은
나를 영영 새벽에 가둬버릴 테니

어둡지도 밝지도 않은
애매하고 미지근한 시간에 갇혀
잿빛의 영원에 살게 될 테니

빛과 어둠, 낮과 밤, 숨과 쉼

그 어느 사이쯤 존재하는 찰나의 새벽

나는 또 잠들지 못하고
엉켜있는 그 시간들을 풀어낸다

나의 새벽은 분주하고 새벽의 나는 섬세하다

서술하지 못한 기억

서리 앉은 너의 어깨에서
무딘 기억이 식어간다

홀연한 마침표

더 이상 이을 수 없도록
차갑게 내리 찍힌 단호한 의도

머뭇거리는 동사와
건조한 형용사

표현할 수 없는 기억들은
남겨지지 못한다

모든 내리는 것

뭉글뭉글한 습기가
살갗에 닿았다

하늘을 올려다보았다

비를 가득 머금은 하늘이
겨우 버티고 있었다

무뎌진 줄 알았던 내 마음이
먼저 무너져버렸다

기다렸다는 듯이
하늘도 달구비를 쏟아 내린다

빗소리만 남은 곳에서
나 또한
여울진다

모든 것이 내리고 있었다

대략 이쯤,

떨어진 시선이 묻은
너의 발등에서

주저함을 보았다

머지않아

단호함이다

대략 이쯤,

우리가 머무를 시간
우리가 머무를 장소

대략 이쯤,

남은 시간 안에서 서성여보지만

대략 이쯤,

하고 싶다

너를 향해 숨죽인
어제
오늘
내일...

영원일 것 같아
불안하며 맞는
또 내일

나의 불안과 시기는
재고가 되어
쌓이는 먼지를 덮고 산다

내뱉을 수 없어
아직 만들어지지 않은
말들

가늠되지 않은
그것들의 크기와 형상

영원 같은 숨죽인 시간이 끝나
그 말들을 너에게 하고 싶다

헤어지는 시간

수많은 날을 잊는 동안에
수많은 나를 잃었다

기억의 소실은
존재의 소멸을 가져왔다

누구의 변명은
피상적인 도구일 뿐

나를 잃어가는 시간에는
아무 소용이 없다

매일,
예외 없이 매일,
어두워지는 시간이 있다

나에게 찾아온
예외 없는 시간이다

다시 아침

나의 기분에는 고단함이 묻어났다

별거 아닌 듯한 태도로
너의 하루를 진열하는 동안

마주 앉은 나는
우리의 지난 시간을 생각하고 있었고
그러는 동안에도
시간은 또 지난 시간이 되고 있었다

시간들에 부딪히면서
부서지는 관계가
더 이상 조각이라고도 할 수 없을 즈음

너에게 머문 시간들을 넘어
나의 아침으로 왔다

표면적 이유만 변명이 될 뿐
사실 아무도 잘못하지 않았다

서로의 아침으로 돌아가면 된다

그런 날

습한 기운이 손끝에 걸리는
그런 날이다

그득히 안개가 내리고
세상은 그 밑으로 내려앉았다

나의 시선은 흐려지고
너의 소리는 마모된다

습한 공기는 나아감의 장애물이 되고

팽창과 수축의 반복은
우주를 만드는 에너지가 된다지만

오늘의 습한 공기는
무력감의 팽창만을 줄 뿐이다

흐릿함과 무력함으로

바람이 불어와 거둬주기를
햇살이 스며들어 나아지기를

그저 기다리는 날이다

사행

나의 어휘는 너를 담지 못하지만
최선을 다해 표현한다

네가 얼마나 귀한 사람인지
나의 단어로는 미처 다 쓰지 못하지만
나는 지금도 네가 그립다

굽이져 흐르는 물은
오랜 시간 흐르며
한쪽은 깎이고 한쪽에는 쌓인다
그러는 동안 더 굽어지고
그럴수록 더 신중하게 흐른다

흐르는 물도 이런데
하물며
널 그리워하며 흐르는
이 시간을 나는 얼마나 신중하게 적어낼까

깎인 마음이 곧 다시 쌓이며
내가 적은 너의 표현은
유유히 흐르는 강이 된다

장마

눅눅한 방바닥은 중력을 더 많이 받는지
작은방 사이를 옮기는 발걸음에도
시차가 더뎌진다

내 모든 신경은 방바닥의 습기가 되어
장마 안으로 빨려 들어갔다

온종일 내리는 것만으로도
꼼짝없이 나를 잡아두는 계절

바깥에 있는 모든 것들에
부딪쳐 부서지는 힘 잃을 빗방울들은
포기할 줄 모르고 하염없이 내린다

그 시간 안에 갇힌 나는
마를 줄 모르고 하염없이 무거워진다

너의 계절의 모든 무게를 내가 먹는구나

그렇게 하염없이 내리면
나는 도리가 없다

시든 계절

가을이 오는지도 모르고
여태 피어있는
배롱나무꽃은
무엇을 잊지 못해
져야 할 때를 놓쳤을까

뜨거운 여름의 여운은
사실 애틋하다

그 계절에 온전히 몰두하면
계절이 지나가는 것을 살필 여유가 없다

안다

그래서 나는 너를 보내야 할 때를 놓쳤다

소리 없는 소리

늦은 새벽
나를 깨우는
그리움이라는 소리

들리지 않아도
뚜렷하게 존재하는 소리

기억이 지르는
소리
혹은 소음

그 소리는 밤사이
내 머릿속으로 들어와 증폭되고
되돌아 나와
온 방을 어지른다

소리 없는 소리

너를 담은 소리

혹은 소음

쓸모없는 가위

기억을 도려내고 싶었던
내 가위는

날카롭지 못했다

차가운 울음에 녹이 슬고

몸체보다 큰 기대에
대드는 동안
무딜 대로 무뎌진 날로는

자를 수 있는 게 없었다

녹은 독이 되어
기억에 가져다 댈 때마다
감정의 수명을 단축시킬 뿐

자를 수 있는 게 없었다

너는 없을 수도 있다

어둑한 낮을 걷는다

오늘은 해가 뜨지 않았다

늘 거기 있는 건 아니었나 보다

아침이면 해가 뜨는 것이라는 학습은

어쩌면 누리던 자의 이기였을까

식어가는 공기 안에서

체온을 쪼개며 견딘다

아직은 그렇다

아껴온 온기가 다 마를 때쯤

나는 또 다른 아침을 만날 수 있을까

아니면 그렇게 식어갈까

너는 알고 있을까

그 자리에 꽤 오래 머무른 마음은
부동의 시간 동안
감정의 그을음이 끼고
형편의 먼지가 쌓여

점점 더 무거워졌다

머무르는 게 아니라 머무르게 되었다

나의 소모는
먼지뭉치가 되어
사소하게 굴러다니고

사소해진 이 시간은
기시감인지 미시감인지
낯설지만 익숙한
익숙하지만 낯선

어쩔 수 없는 혼란을 안고
더 머무른다
또 떠나지 못한다

그날

가로 내리는 비에
우산은 소용이 없고
삼키는 숨이 젖어
마음마저 젖었다

그날의 비 냄새가
온몸에 배어

잊으려고 할 즈음이면
어김없이 찾아와
나의 호흡을 뒤흔든다

그날은 나에게 온전히 흔적이 되지만

그저
날씨가 궂었던 날이라고 기억하자

지구와 달

빠짝 마른 달이 전선줄 위에
간신히 달려 있다

오늘따라 차지도 높지도 않은 달은
지구를 돌다가 어디쯤 머무르고 있기에

처연한 모양을 하고 있는 것인지

그렇게 차고 기울기를 수없이 반복하며
너를 맴돌아도 그저 달일 뿐이지만

사실 달이 없다면 너 역시
기울고 기울어 넘어질 것이라는 걸
지구는 알고 있을까

너의 마음 뒤로 가 보면
조금 더 차 있는 달을 볼 수 있을까

헷갈리기 시작했다
달이 나인지
내가 달인지

소진된 언어, 너라는 관습

매일,
수많은 언어들이 소비된다

다양한 필요에 의해
혹은 무의식의 언어로

나 역시 소리로 문자로 몸짓으로 감정으로
흔하게 언어들을 소비했다

그리고 결국
너라는 언어를 소진해버리고 말았다

수두룩하게 쏟아지는 말들
값없이 소비할 수 있다고 착각했던

너라는 소리와 문자와 몸짓과 감정의 언어는
다 써서 없어져 버렸다

더 이상 말할 수 없게 되었다

떫은 경험이
내뱉는 언어들을 살피게 한다

자만한 슬픔

혹독한 추위라고 생각했는데
겨우 살얼음이 졌다

살피지 않은
경솔한 내딛음은
차가운 균열 밑으로 빠지게 했다

실패한 시간을
너무 얕잡아봤을까

얼마나 더 추워져야
단단해질까

나는 깨진 너의 추억을
건널 수 있을까

은밀한 감각

고된 하루의 끄트머리,
너에게로 가는 시간은 달았다

달아진 그 시간을 마시면
나의 기억력은 유난히 좋아져
너의 장면이 또렷이 그려졌다

달콤한 날을 한 움큼 집어삼키며
너에게로 가는 시간이었다

많은 단날들을 지내는 동안
더 이상 삼킨 날이 달지 않다고 느껴지던 날,
갑자기 익숙한 길이 낯설어졌다

매일 가던 길이지만 지도를 보고 싶어지는 그런 날,
더 달콤한 길이 있을 것만 같은 그런 날,

하지만 나는 그저 단맛에 무뎌졌을 뿐

그 길은 언제나 달았다는 걸
되돌아 나온 후에야 깨닫게 되었다

너를 내린다

기억이 비가 되어
시리게도 내렸다

나의 시간은
내리는 비에 부딪혀
점점
느려진다

시간의 발걸음에
내리는 지난날이 찬다

무겁다
점점
느려진다

기억을 담아 내리는 비의 농도에
너의 모습을 녹여 땅으로 내린다

걸어내는 걸음 밑에서
느려진 시간을 버티는 땅으로
시린 기억을 저장한다

적당히 눈부신 날

햇볕이 구름을 뚫지 못한
적당히 눈부신 날

한적한 생각 속을
여유롭게 산책하다

모퉁이 연석을
의자 삼아 걸터앉은
어제를 만났다

날씨가 썩 맘에 들지 않았더라면
희미하게 앉아 있던 어제를
무심하게 지나쳤을지도 모른다

하지만 나는 어제보다 단단하니깐

반갑게 다가가
달콤한 사탕을 하나 건넸다

기분이 꽤 좋아졌다

틈

돌담 사이의 틈은
거센 바람에도 무너지지 않게 하는
역할을 한다고 한다

나의 사랑에는,
너를 향한 나의 사랑에는,

조금의 틈도 없었던 게 아닐까

그렇다면 위안이 된다

재해에 대비하기 위한 작은 틈조차 없이
우리 사랑했던 기억이
이제는 오히려 틈으로만 남았지만

틈 없이 사랑했던 기억이라면

충분하다

헤어지던 날

무릎 꿇은 안개의 배려로
가리웠던 시야

새벽의 습기는 확성기가 되어
떨림조차 소리가 되지만

헤어짐의 여운으로
그 정도면 충분했다

설핏 스치는 기억은

복숭아뼈를 간지럽히던 바지 밑단
이른 아침을 준비하는 어느 집의 소리
넘어질 듯 넘어지지 않던 가로등 불빛

아마 그 정도이다

헤어지는 것,
지나고 보면
어렴풋한 그날이다

그날의 기억

상처가 아물 때쯤이면
넘어지는 순간이 얼마나 아팠는지
망각을 한다

더덕더덕 붙어있는
딱지만이
그날의 기억이다

내가 약을 바르지 않고
흉터를 내버려 두는 이유이다

너의 새벽을 전한다

떨어진 달을 주웠다

얼어 있는 몸뚱이를 쓰다듬는 동안
세상은 까맣다

달은 다시 돌아가야 한다

그래서 나는 서투른 기억을 달에게 묶어 보낸다

나의 기억이 새벽 동안 내리도록

내리는 나의 기억이
차갑게 식은 너의 가는 길에 위로가 되도록

이 새벽,
달의 언어를 인용하여
고독하지 않은 새벽을
너에게 전한다

내 기분의 흠집이 습관이 된다

허공에 쌓인 누구의 숨은
기분에 닿기만 해도 부어오르고 쓰렸다

시간이 지나는 동안
피할 수 없을 만큼 쌓이고 팽창해져
어디에서도 닿지 않을 수 없었다

더 이상 선을 그어 구분할 수 있는
안전지대는 없다

어디에서도 너의 숨을
스치지 않고서는 지나갈 수 없다

쓰라림은 무디어지고 둔해져
언젠간 습관이 되겠지

네가 없는 것이,
너의 기억만 떠도는 것이,
아파도 아프지 않는 것이,

내 세계의 관습이 되도록
지나는 시간을 익혀본다

애틋하게 된 슬픈 과거

솔기에 쓸린
보이지 않는 상처처럼
불현듯 거슬린다

낡은 소파 가장자리의
푹 꺼진 내 무게 자국만큼이나
복원력이 없다

지나간 시간들의
모든 소리가 배이고
모든 냄새가 배이고
모든 감정이 눌러져 담겼다

골동품이 되어가는
내 지난날들

쓸모는 없어질지언정

헐어가는 만큼 더 애틋하고
묵혀진 만큼 더 그리운

그 거슬림을 받아들여 본다

네 개의 계절

어느 짧은 순간 갑자기 찾아온 정적 사이로
벚꽃잎이 떨어졌다

봄이었다

바라보는 시선 사이에
뜨거운 볕을 머금은 그림자가 드리웠다

여름이었다

찬 이슬 끝에 달빛이 걸리고
나란히 걷는 걸음에 색이 입혀졌다

가을이었다

나뭇가지에는 잎 대신 사색이 달렸고
비어있는 거리는 외로움을 묘사하지만
결코 외롭지 않았다

겨울이었다

아무렇지 않게 사계절을 보냈다

이선연

『마음이 머무는 곳, 그리움이 물들이다』

그리움의 저변에 자리한 곳,
마음이 헛헛할 때 찾아가는 곳은
아무 걱정도 없이 뛰어다니던
유년의 시간입니다

오래 머물 수 없는 시절은
바람처럼 자랐고
바람과 함께
또 다른 시절로 가고 있습니다

잠시 머물고 싶은 시절
소중하게 간직하고 싶은 아름다운 시절
마음이 머무는 그곳은
언제나 그리움이 물들이나 봅니다

2022. 가을이 머무는 날에
이선연

꽃잠

우리 집 싸리문을 열고
따뜻한 햇살이
봄을 데리고 들어 왔어요

아기는 나비잠을 자고
나는 뜨락에 앉아 봄을 쬐다
잠이 들고 말았어요

봄바람도 우리 집 담벼락
아래서 잠시 쉬다
잠이 들었나 봅니다

봄이 오는 오후
세상이 모두 꽃잠에 들었습니다

할망

할망이 아픈 허리를 펴며 웃었다
평생 웃을 일 없다던 할망이 웃었다

수심 하나 둘, 밭고랑이 된 주름
시린 눈에서 흐른 물은
입가에 깊은 골짜기를 만들었다
앞마당에 곱게 피어있던 목단이 지고
할망 할망 할망구가 되었다

마당 가득 햇살이 내리던 날
냉이꽃처럼 할망이 하얗게 웃었다
할망이 행복하다니 나도 행복하구만
나도 할망을 따라 웃었다
할망은 내 작은 손에
행복한 웃음을 쥐여 주었다

진달래

진달래 한 다발 뒷짐에 숨기고
그대를 찾아갔지요
담장 넘어 그대는
색동저고리 분홍치마 곱게 입고
툇마루에 앉아 예쁜 꽃수를 놓고 있습니다

따스한 봄날
그대는 진달래를 닮았어요
두 뺨에 발그스름하게 핀 홍조며
보드랍고 뽀얀 얼굴
대문 앞에 진달래를 고이 두고 갑니다
설레는 가슴을 안고 갑니다

내일 다시 올게요

연꽃

동궁과 월지에서
그대를 생각하고
그리운 마음 애달파
눈에 담아 아린 눈물
새가 되어 날아오르다,
연못으로 툭 떨어지네

튄 물방울 받아 든
부드러운 연잎 위로
포개어지는 연연한 미소
단단하게 닫힌 고운 봉우리
살며시 꽃잎 열어
설레는 봄 안으로 드리우고

깊이 내린 다리 부드럽고 힘차게
감추고 드러내는 우아한 자태
누가 진흙 속에 산다 믿을까?

봄 길을 걷는다

봄 길을 걷는다
바람도 순해진 길을 따라
솜털 같은 너의 마음을 따라
따스하게 내리는 햇실 같은 사랑으로
봄 길을 걷는다

모든 것을 부드럽게 감싸 안는
온유한 마음으로 사랑하련다
파릇파릇 돋아나는 연둣빛 희망으로
개울가에 피어나는 버들강아지처럼
순하고 순하게 사랑하련다

1979년 오월
아홉 살 아이가 한적한
시골길을 즐겁게 걸어가면
민들레가 길가에서 웃으며
아홉 살 소녀를 기쁘게 반기듯
나는 그렇게 노란 꽃길을 걷는다
그렇게 나는 노란 봄 길을 걷는다

감꽃이 떨어지면

어릴 적 우리 집 뒤뜰에
터줏대감처럼 서 있던 오래된 감나무
오뉴월 노란 감꽃이 떨어지면
어린 소녀는 아침 일찍 일어나
대바구니를 들고 이삭을 줍듯 감꽃을 주웠다

목에 걸고 다니지도 않을 거면서
감꽃 목걸이를 만들고 좋아했던 시절
감꽃이 떨어질 때면 연례행사처럼
감꽃 목걸이를 여러 개 만들어
대청마루에 걸어 두고 해가 지도록 쏘다녔다

소녀에게 감꽃을 줍는 일은
귀한 열매를 수확하는 기쁨으로
감꽃 목걸이를 만드는 즐거운 풍습이 되었다
기와집 뒤뜰에 서 있던 감나무와
노란 감꽃이 그리워지는 유월이다

왕나비의 꿈

처음 태어난 날
눈도 못 뜬 채 깨어나
꼬물거리는 걸음마로
눈부신 세상을 향해 출발하고
박주가리잎 옴팡지게 갉아먹다,
어느새 단단한 갑옷으로 갈아입고
더위와 비바람에도 단잠에 빠져
바다 위를 나는, 꿈을 꾸는 애벌레

두 번째 다시 태어난 날
긴 잠에서 깨어나 세상을 살피다,
딱딱한 옷 홀가분히 벗어두고
어깨에 돋은 낯선 꽃잎 파닥이며
아름다운 개화로 활짝 피는 날개
공중을 향해 비상하는 우아한 손짓
새로운 세계로 사뿐히 날아올라
아틀라스의 바다를 건너 봄을 전하는 나비

산딸기

산딸기 따 먹으러 금희와 뒷산에 갔네
빨갛게 익은 산딸기
달콤하게 익은 산딸기
개미가 먼저 와서 따 먹고 있었네
금희와 나는 말없이 산딸기만 따 먹고
손이 빠른 금희는 나보다 더 많이 따 먹었네

산을 내려오다 뱀딸기를 보았네
뱀이 따 먹으려고 몰래 숨겨 놓은 뱀딸기
아무도 따 먹지 않는다네
산딸기를 손에 가득 들고서
뱀 몰래 산을 내려왔네
찔레꽃 아래에서 낮잠 자는 뱀은
산딸기 맛을 모른다네
뱀딸기는 맛없는 줄 모르고
뱀은 잠만 잔다네

뽕나무밭에서

뽕잎 따다 누에 먹이러
잠실蠶室 가신 엄마
어린 나는 뽕나무밭에서
오디를 따 먹으며 놀았다

달콤하게 익은 까만 오디
노란 도시락에 가득 따 넣고
산 중턱에 있는 잠실을 바라보며
누에 먹이고 오실 엄마를 기다렸다

어둑해지는 뽕나무밭에서
부엉이가 울고
무서움이 밀려오고
이제 곧 엄마가 오실 것이다

저기 하얀 수건을 쓴 엄마가 오고 있다
반가움과 서러움에 울음이 터지고
나는 애타게 엄마를 기다렸다

하얀 고무신

나비 문양 달린 하얀 고무신
가지런히 벗어놓고
버즘나무 아래서
고무줄놀이하는 단발머리 소녀들
까맣게 그을린 얼굴로 까르르 웃을 때면
세상 어디에도 없을 해맑음이다

때 묻은 하얀 고무신
양손에 벗어들고
쏜살같이 내 달릴 때는
길가에 핀 꽃들이
먼지바람에 흔들리며
재채기를 해도 좋을 명랑함이다

술래는 꼭 잡고 말겠다는 표정으로
짐짓 비장하지만
여전히 까르르 웃는 개구진 얼굴
언덕 너머 무지개가
슬며시 웃으며 따라 온다

봄이 간다

날 깨우는 것이 봄바람이었다가
따뜻한 봄 햇살이었다가
슬며시 가고 있는 뒷모습이었다가

나무의 입을 틀어막고서
동그란 눈으로 쳐다보는 나무 잎사귀들이
흔들리는 꽃을 떠밀어내고 있다

꽃잎이 날아간다
수많은 꽃잎들이 눈이 날리듯 날린다
문득
비가 촉촉이 밟고 간 자리에
풀들의 함성이 커지고

슬며시 가고 있는 봄이
나를 끌어당기며 가다가
바람에 등 떠밀려 가다가
또 그렇게 가고 있는 모습 뒤로
여름이 성큼 자라있다

꽃씨 하나

꽃잎이 하나둘씩 떨어지면
흡밀 하던 꿀벌도 나비도
더 이상 찾지 않고 그저 바람에 흔들리며
혼자만의 시간에 머물러 있는 꽃을 본다

꽃은 씨앗으로 영글고
분꽃 씨, 채송화 씨, 나팔꽃 씨를
조심스레 받아내며
어느 길가에서나, 어느 집 정원마다
아름답게 피어 웃고 있는 꽃을 본다

작은 꽃씨 하나에 봄이 들어 있고
여름이, 가을이 또 겨울이 들어있다
시절마다 예쁘게 피어날 기대로
깊이 잠들어 있는 마른 꽃씨 하나

나는 아무 걱정도 없이

나는 아무 걱정도 없이
찬물에 밥을 말아 먹고
나는 아무 걱정도 없이
눈둑길을 걷는다

걱정 없이 살아간다는 것은
얼마나 좋은 것인지
'아무 걱정도 없이'라는 말은
생각만 해도 마음이 평안해지는 것이다

걱정스런 삶을
그저 걱정 없이 걸어가고
나는 또 아무 걱정도 없이
집을 나선다

우리들의 시간

까까머리 아이들이
강가에 신발을 벗어두고
송사리 떼를 몰고 있습니다
물처럼 맑고, 물고기 속살처럼
투명한 아이들이 깔깔거리며 웃습니다

놀란 송사리 떼는
지칠 줄 모르는 아이들을 피해
미끌거리는 돌 밑에 숨어버립니다
해의 목이 길어지는 한 여름 오후
강물 위로 고양이 꼬리 같은
아지랑이 아롱아롱 피어오릅니다

아이들의 놀이는 멈출 줄 모르고
아이들의 시간도 멈추지 않습니다
해가 먼 산을 넘어가려면 한참이나 남았고
우리들의 시간도
아직 한참이나 남아있습니다

소풍을 마치고

소풍이 끝나가고
이제 집으로 돌아갈 시간
보물을 찾지 못해 초조해진 아이는
그만 울음을 터뜨리고 말았다

뉘엿뉘엿 넘어가는 해와
붉게 물든 노을을 보며
이제 집으로 가야 할 때가 되었음을 알았다

소풍은 즐거웠다
하루가 어떻게 지나갔는지도 모르게
너무나 재미지게 놀았다
내일까지 해야 할 숙제도 잊어버릴 만큼
오늘이 전부인 양 신나게 놀았다

보물을 찾지 못한 아이는 눈물을 닦고
옷에 묻은 먼지를 털고 일어나
미련을 버리고 아쉬움을 내려놓고
이제 집으로 돌아간다

처서 處暑

빨간 원피스를 입은 여자가
분수처럼 솟았다 붉게 낙화했다
여자는 여름날의 별들이 개울로 내려와
멱을 감고 놀다 가는 것을 좋아했고
머리숱 많은 아이처럼
무성하게 자란 풀을 좋아했다
하늘이 조금씩 높아져 갈 쯤
무겁게 스치던 바람은 이제
여자의 목덜미를 가볍게 스치고 지나갔다
물댄 논에서 가득 울리던
개구리 울음소리가 작아지고
커져가는 귀뚜라미의 쓸쓸한 울음소리를
여자는 슬퍼했다
수그러드는 열정을 더는 어쩌지 못한다며
체념하듯 가는 여자를 나는 꼭 안아주었다

밤나무 밑에서

밤나무에 밤이 툭툭 떨어지면
아이들은 굵고 실한 알밤을 주워
양쪽 주머니에 가득 넣고 신이 나서
서로의 얼굴을 보며 "히히히"
웃으며 뛰어다녔다

유년의 시간들이 툭 떨어지고
우리는 소리 없이 커가는 밤나무 아래를
그리도 뛰어다니며 자랐나보다

여전히 아이들이 밤나무 밑에서
웃고 장난치는 소리가 들린다

거북이와 달팽이의 시간

거북이 한 마리 저만치 앞서가고
달팽이 한 마리 저만치 뒤 따라간다

귀갑을 등에 지고
패각을 등에 지고

각자 태생적 아담한 집을
등에 지고 간다

거북이를
따라갈 수 없는 달팽이

거북이가 빨리 가는 이유
달팽이가 느리게 가는 이유

항아리

여름날의 따가운 햇살을
겨울날의 하얀 추위를
온몸으로 맞으며
장독대에 앉아 있는 항아리

오랫동안 된장 속에
작은 희망을 숨기며
외롭고 고독한 시간 속에
자신을 담은 항아리

잘 익은 장
자식을 품듯 평생을
오롯이 된장만 품고서
잘 익은 항아리

낡고 빛바랜 항아리
깨지지 않는 온유함으로
장독대에서 아직도
익어가는 중

나무가 사는 방식

나무는 생각할까?
가지를 어디로 뻗을까?
잎을 몇 개 낼까? 하고

가지를 더 내지 않고
슬며시 잎사귀의 싹을 틔우며
잠시 숨을 고른다

천천히 가지를 내고
조용히 잎을 내지만
결코 서두르지 않는다

어디까지 자라야 할지
얼마나 단단해야 하는지
조바심도 내지 않는다

예쁜 꽃을 피울 욕심도 없이
그늘을 내어 새들을 부르고
뿌리를 내려 산을 이룬다

조율

이른 아침
당신 앞에 다소곳이 무릎 꿇으면
도-레-미-파-솔-라-시-도
한 음씩 두드리는 손길

낮은 도의 소리가 조금 높아져 있고
높은 도의 소리는 조금 낮아져 있지만
제자리를 찾아가는 높고 낮음의 도

당신은 잘 듣는 귀와 영혼의 소리로
도-레-미-파-솔-라-시-도
흐트러진 마음의 음정을 하나씩 맞춥니다

하루 종일 음을 내다 지친 소리와
이탈된 음정을 조율 받으려
매일 아침 당신 앞에 섭니다

가을은 다시 오지 않는다

가을이 갈 때는 혼자 가지 않는다
가을 안에 살아있는 것들과 함께 간다
가을이 지나간 길을 따라
철새들도 날아가고
사람들도 계절의 다리를 건너간다

미련도 욕심도 다 내려놓고
한 시절 온전히 채우고 가는 가을
뒤돌아서 가는 가을의 옷자락을 잡아 보지만
가을은 가을로 가고
가을은 다시 오지 않는다
우리의 가을도 다시 오지 않는다

날 좋은 날

춘삼월
날 좋은 날
아주까리기름 머리에 발라
가지런히 넘기고
하얀 도포 고운 단장에
먼 길 가신님
웃고 있는 사진 민망하야
상방上方에 걸어두고
아침마다 인사 나누는
다정한 사이가 되었네라
한집 살 때는 데면데면 하드만
가고 없으니 어째 정이 더 난다냐
마실 다녀와도 내다보지 않는 영감탱이
여전히 무심 하구랴

처서 지나
날 좋은 날
언제 왔는지 창가에 나비 한 마리
날아와 앉아 있었네라
애기 손바닥만 한 큰 나비 한 마리
종용히 안방을 들여다보고 한참을 앉아 있어
하도 신기하야 나비에게 다가가

"나비야~ 나비야~
웬일로 우리 집에 다 왔다냐?"
곱게 펴진 날개 가지런히 접고 앉아
날아가질 않았네라
예사롭지 않은 나비를 보고서야
우리 영감일까 하는 생각에
"영감~ 영감이 나비로 왔소?
날 보러 우리 집에 나비가 되어 왔소?"
한참을 나비에게 혼잣말을 하고 있었네라
"나 없이 혼자 좋은 데 가니 좋소?"
말이 끝나기 무섭게 큰 날개를 펴고
나비는 훌쩍 날아가 버렸네라
"영감~ 잘 가소~
나도 낭중에 영감 따라 갈꺼이네"

오독 誤讀

나는 너의 마음을 읽었지만
너의 진심을 읽지 못했다
얕은 개울에 빠진 줄 알았더니
깊은 호수에 빠졌던 것을

너의 엷은 웃음 뒤에 가려진
깊은 상심을 미처 알지 못했다
그저 힘들어 보채는 눈물이라 여겼는데
깊어진 상처로 아파하는 눈물이었다는 것을

나는 너를 보고 있었지만
너를 보지 못했고
나는 너를 안다고 생각했지만
진정 너를 알지 못했구나

고운 손

손가락 마디마디 굵은 나이테
거친 세월의 난타로 투박해진 손
처녀 적엔 통통하니 고운 손이었다고
내 손을 볼 때마다 말씀하셨다

코를 골면서 깊이 잠드신 등 너머
조심스레 만져본 손
굳은살이 박인 손바닥
희미해진 지문
손톱 밑에 낀 새까만 흙 때
농사일이 이토록 힘이 드셨나?

거칠고 뭉툭해진 손으로 빚어주시던
수제비 맛은 잊을 수가 없는데
우두커니 앉아 어머니의 주름 가득한
고운 손을 내려다보며
살며시 내 손을 포개어 본다

아버지

따가운 햇살의 무게로
검게 그을린 얼굴
주름과 검버섯으로 남은
세월의 그윽한 잔해들

지게 위에 한 덤이 풀을
고즈넉한 하루의 어스름으로 지고
무거운 걸음 자분자분 옮기신다

구부린 허리를 펼 겨를도 없이
작두에 풀을 썰어 소죽통에
등겨 가루 뿌려 주신다

범상치 않은 소뿔 보시고
흐뭇 웃으시는
풀 냄새 나는
아버지

이불을 말리며

밤사이 흘린 눈물
고스란히 받아내고
따뜻하게 덮어준 이불
이른 아침 마당에 널었다

깊은 고뇌와 씨름하던 흔적을 지우려
종일 바람에 씻기고 햇볕에 말렸다
붉어진 서쪽 가을 하늘에
마지막 남은 햇살을 이불에 담아
어둑해지는 저녁을 갈무리하고 누웠다

이불 속으로 가을 햇살이 가득 차오른다
목까지 끌어당기고 눈을 감으니
따뜻한 햇살이 온몸을 어루만진다
오늘 밤 포근한 이불이
나를 행복한 꿈나라로 데려다주리라

내 누이야

민들레꽃 만발한
오래된 철로에 귀를 대고
기차 온다 소리치던 내 누이야

밤이슬 내린 달맞이꽃을
한 아름 안고 와서
활짝 웃던 내 누이야

하늘은 온통 붉게만 물들고
내 누이의 노란 노을은
찾을 수가 없구나

그리움을 태우다

바람이 불어오고 눈처럼 내리는 낙엽이
마당에 흩어져 시체로 누워있다
대빗자루를 들고 낙엽을 쓸어 모으니
수북 쌓인 낙엽이 작은 봉분이 되었다

불을 붙이자 타다닥 타다닥 소리를 내고
낙엽은 비명을 지르며 타들어 간다
가슴 한구석이 저려온다
그리움이 낙엽처럼 타들어 간다

재가 된 낙엽의 유해遺骸를 치우다
반쯤 타다 남은 낙엽 하나가 나를 쳐다본다
그리움이 타다 남은 낙엽처럼
내 안으로 반쯤 들어오다 멈칫하고
나는 끝내 그리움을 버리지 못했다
그리움은 태우면 태울수록 아프다

만추

네가 간다는 소리를 들었다
바람 곁에 붙어 살짝 가버리려 했던
마음을 이미 눈치 채었다

뒷모습 보이지 않으려 나무 뒤에
기대었다 조용히 가고 있구나
낙엽조차 밟기 조심스레 가고 있구나

벌써 눈꽃을 입은 이가 저기 오고 있구나
널 보내기 싫은 까닭에 곁에 오려고 하는
차가운 이를 외면하고 싶구나

너 때문에 외롭고 아팠던 기억을
너 때문에 행복했던 추억을 접어야겠다
이제 너를 떠나보내며 다시 너를 기다린다

꽃이 지는 동안

꽃이 지는 동안
꽃대는 살며시 흔들리며
그 짧고 긴 시간을 채우고
미련 없이 쓰러진다

꽃이 지는 동안
나의 꽃도 지고 있었다
온몸은 주름으로 덮이고
머리엔 하얀 눈꽃이
소복 내려앉아 있을 테지

낡아가는 나의 꽃대는
천천히 걸음을 옮기며
지고 있었다
꽃이 지는 동안
나도 지고 있었다

중간쯤 어디

반쯤 걸어왔던 길
되돌아갈 수 없는 길
멈출 수 없이
앞으로 계속 가야만 하는 길에서
먼지를 일으키며 달리던 걸음을 멈추고서야
앞을 보던 눈이 매워지기 시작한다
뒤통수를 내리치던 것이 반 근쯤 되는 바람이었을까?
하얗게 질린 얼굴로 내 가슴에 안긴 반걸음이었을까?
가야 할 길보다 왔던 길이 아쉬웠을까?
제대로 걸어 보려던 걸음이 흔들린다
중간 어디쯤에서 만났을까?
그래서 머리를 싸매고 누웠을까?
쉽사리 진정되지 않는 두근거림
머리 위로 자라는 억새 사이를 가르고
세월의 발자국이 남긴 주름을 지나
유유히 빠져나가는 갈바람 같은 시간들
이제 새로운 시간 속에 얹혀 질
모든 순간들을 좀 더 너그러이 바라보기를
그리하여 돌아보며 후회하지 않기를
또 그리하여 한 근쯤 되는 바람이
전신을 내리칠 때에도 흔들리지 않기를

저물어 가는

빛을 비워내는 동안
어둠과의 조우는 그리 낯설지 않다
음영으로 감춰져 기울어 가는 것이
그림자에 기대어 저물어 가는 것이
다시 채우기 위해 비워야 함을 알면서도
온전히 다 버려야 하는 아픔은
언제나 익숙하지 않고

가득 차오를 날의 기대로
날마다 조금씩 버리고 비워내는 일
철저히 다 비우고 어둠을 견뎌내는 일
차오르기 위해 야위어 가고
다시 비상하기 위해 움츠러드는 달
마지막 빛을 안고 어둠의 심해로 들어가는
그믐달

쉰 둘

푸른 길을 따라 긴 꽃길을 걸었습니다
한참을 걸어 만난 한적한 숲
숲으로 들어서는 길이 망설여집니다
가을 나무가 내민 손을 잡고서야
조심스레 한 걸음씩 내딛어봅니다

햇살은 나비처럼 어깨 위에 사뿐히 내려앉고
아름답고 고요한 길에
오롯이 안고 가야 하는 아픔은
그저 함께 가는 친구였나 봅니다
숲이 깊어질수록 깊어지는 아픔
나는 아픈 나를 버릴 수 없어 함께 갑니다

꽃잎들이 하나둘 바람에 날아가고
이제 꽃대만 남아 흔들리는
그 흔들림을 안고 천천히 걸어갑니다
오지 못할 지난 그리움을 주머니에 넣고
나는 깊어지는 숲을 걸어갑니다

부활

등이 조금씩 굽어 가는 달이
점점 뾰족해져 가는 달이
끄트머리에 비수를 품고
어둠의 등을 찌른다
찌를수록 점점 커지는 어둠이
달을 삼키려 달려드는 검은 입처럼
달을 덥석 물고 있다
어둠의 입에 걸린 달빛 조각
빛을 지키려는 필사적인 몸부림
깊은 어둠 속으로 빨려 들어가는 달
검은 시간을 지나 어둠이 달을 토할 때까지
잠시 빛을 잃을 뿐
다시 떠오르기 위해 머무는 시간일 뿐
요나처럼
예수처럼

함께 한 시간들의 고백

오랫동안 함께 걸어온 길을 돌아보며
가끔씩 웃음 지어 보이는 늙은이는
얼마 남지 않는 길을 걷고 있다오

함께 걷지 않았다면 외로웠을 시간들을
아무 말 없이 함께해 준 또 다른 늙은이를 보며
위로와 위안을 얻는다오

폭풍같이 힘든 날들이 바람처럼 지나가고
봄날처럼 향기롭던 시간들이 연기처럼 사라지고
아무 일 없이 지나간 무수한 일상 속에서
함께 손잡고 이겨낸 세월을 감사하오

우리가 포기하지 않고 서로를 붙잡아 주며
여기까지 걸어 올 수 있었던 것은
우리가 함께한 친밀한 사랑이었소

삶은 혼자가 아니라 우리가 함께한
모든 시간들의 합주였음을 기억하오
함께 걸어온 아름다운 세월을 쓰다듬으며
여보! 참 고마웠소

목이 꺾인 작은 풀

사는 것이 아무런 의미가 없다고
그리하여 그만 살고 싶다 말하는
너의 가슴에서 뾰족한 가시들이 돋았다
처음엔 작은 선인장 솜털처럼 자라더니
점점 단단하고 날카로운 가시로 자랐다
아무도 들어올 수 없는 가시 안에는
여린 숨이 헐떡이며 겨우 매달려
스스로 감옥을 만들어 수인을 자처하고
더 살지 말아야지 다짐하는 너를 보았다

시한부의 인생이든
사형수의 인생이든
죽는 것은 마찬가지라고
눈물 한줄기 흘리지 못하는 애처로운 너를
가만히 쓰다듬으며 나는 울었다
날마다 발에 밟히는 길가의 잡초들도
꺾인 목을 애써 들고 빛을 향해 일어선다
그저 살기 위해 고개 드는 작은 풀처럼
살아라, 살아 내거라

입동立冬

가을이 떠날 채비로
처마 밑에 시래기를 걸어 두고
감나무에 홍시 몇 개 남겨 둔 채
종종걸음으로 떠나 버렸다

아침에 일어나 창밖을 보니
하얀 계절이 소복 내려와 있다
예정된 시간 보다 일찍 도착한 탓에
말없이 가버린 가을

새로운 계절의 주인은 차가운
헛기침 몇 번으로 인사를 대신하고
후~ 한숨을 내 쉬자
그냥 머물라며
하얀 입김을 불어 넣고
가슴은 찬 서리를 맞은 듯 시려 온다

소설小雪

햇살 한 줌 주머니에 넣고
조물락조물락 만진다
가을이 조금 남긴 햇살을
어딘가에 숨겨 놓고 싶었던 게지

햇살이 비켜서자 찬바람이 데리고 온
하얀 솜털 같은 녀석들이 마구 달려와
얼굴에 반가운 입맞춤을 해댄다

배추며 무는 안녕하니?
김장을 준비하는 어머니의 손길이 분주하다

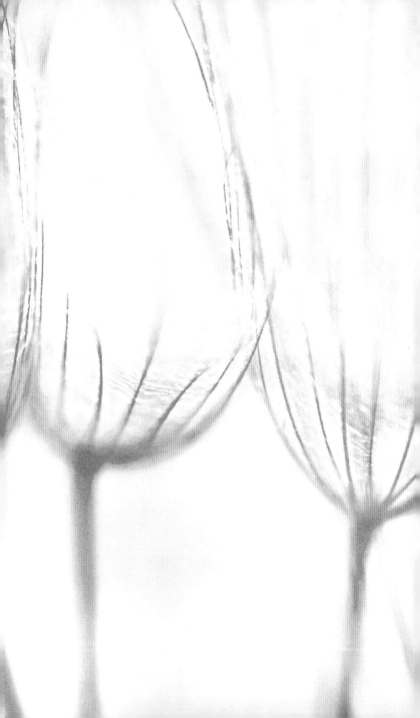

나는 그 꽃의 이름을 모릅니다

초판 1쇄 발행	2022년 11월 6일
초판 1쇄 인쇄	2022년 11월 6일

지은이	정윤희, 고은정, 강하나, 이선연

펴낸이	이장우
편집	송세아　안소라
디자인	theambitious factory
마케팅	시절인연
제작	김소은
관리	김한다　한주연
인쇄	금비PNP

펴낸곳	도서출판 꿈공장플러스
출판등록	제 406-2017-000160호
주소	서울시 성북구 보국문로 16가길 43-20 꿈공장 1층

이메일	ceo@dreambooks.kr
홈페이지	www.dreambooks.kr
인스타그램	@dreambooks.ceo

전화번호	02-6012-2734
팩스	031-624-4527

ISBN	979-11-92134-29-1
정가	12,800원